KB030951

아!
나는 시처럼 꽃처럼 살고 싶다
나는 꽃이 되련다
그리고 한 줄 시가 되련다.

선생님

건강하세요.
함께 꽃길을 걸어요.

20 . . .

시인 임종구 드림

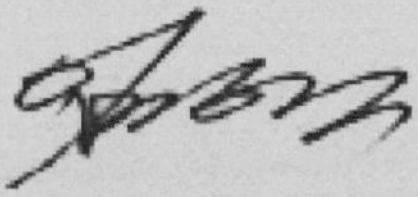

구암출판사 시선집 ①

시처럼 꽃처럼 인생을 그리다

임종구 시집

구암출판사

세계문학예술작가협회 시인, 서정화 화가

출판사 서평

시를 그리고 꽃을 그리는 행복한 시인 임종구.
작은 일에도 마음을 열고 다가가 하나하나 정성을 다하여 나눔하는 사람들을 만나면 고마운 마음이 먼저 생기고, 햇살이 내리쬐는 양지바른 곳에 있는 듯 밝고 따스해지는 마음을 갖게 하신 정감 있는 분이 임종구 시인이다. 2017년 1월 창설하신 "시처럼 꽃처럼 인생을 그리다" 문학밴드에서 임종구 시인과 첫 만남이 시작되었고, 한줄 시로 쓴 "시처럼 꽃처럼 인생을 그리다" 읽기만 하여도 설레는 밴드 이름에 쏙 빠져들어 마음의 꽃밭에 작은 꽃씨를 뿌려 정성스레 가꾸어 그 꽃들을 나눔 하는 향기로운 사람이 되고 싶다는 마음을 갖게 하신 분이 임종구 시인이다.

『혹 있을지 모를 독자들에 꽃이 되고 / 한 줄 시에 일곱 빛깔 무지개를 담아 / 아름다운 선율에 콧노래 흥얼대며 / 시처럼 꽃처럼 인생을 그리다』 "시처럼 꽃처럼 인생을 그리다" 전문에서 보이 듯, 문학밴드의 이름으로 완성시를 그리셨고, 늘 마음에 자리하던 "고마움과 새로움"의 꽃이 임종구 시인의 시집으로 시처럼 꽃처럼 피어났다. 시인의 정서와 시상이 고스란히 담긴 첫 시집이 독자들의 가슴에 잔잔한 노래처럼 스며들어 특별한 감동을 불러일으킬 것으로 기대한다.
행복이 창안으로 스며드는 11월입니다. 결실의 계절에도 새롭게 돋아나는 꽃들을 바라보며 시처럼 꽃처럼 인생을 그리며 살고 싶은 날에 독자들과 함께 행복한 시간이 되셔서 기쁨으로 승화하는 아름다운 나날이 되길 기원하며, 글을 쓰는 사람들의 좋은 본보기로써 아낌없이 추천한다.

사단법인 세계문학예술작가협회 편집장 이미래

시인의 말

이 세상 꽃들이
모두 아름답다고 한들
내 맘을 빨갛게 물들이고 싶은
빨간 장미꽃에 견줄까?

달빛 고와 솟아난 아지랑이
긴 세월 스미는 아픔,
먼 바다로 건네 보내고
파랑으로 파식되어
불타는 얼음 잉태하니
포근한 인향이 샘솟는다.

오늘도 내 맘은
달빛 아래 피어난
바다의 꽃이고 싶다.

6~70년대의 어려운 환경에서 우리가 시를 쓴다는 것은 일부 지식층이 아니면 과연 상상이나 할 수 있었나 의문이다. 시를 쓰는 것 보다, 읽기도 힘들었던 적이 많다. 나 역시 많이 그랬다. 고등학생이 되었을 때 우리는 최고의 선물이 시집을 받는 것이 되었다. 시대의 흐름에 따라 꿈꾸던 시인이 되었지만 시를 창작하기란 결코 쉬운 일이 아니다. 나는 시를 쓰고자 하는 분들의 한발 앞선 길잡이가 되어보자고 시문학 밴드를 창설하여 무료강의를 시작한지 4년이 되어간다. 시처럼 꽃처럼 인생을 그리는 삶의 목표를 지향하며 함께하는 문학인의 꿈을 키워 주고 싶다. 창작시 강의를 하면서 한편 한편의 시를 쓰고 쉽게 시를 쓰는 기술을 알려주고 싶어 본 시집을 출간하게 되었다.

문학은 인간을 탐구하는 예술이기 때문에 문학작품 속에는 자신이 경험하지 못한 수많은 사람들의 삶을 엿 볼 수 있어 자아를 성찰하고 삶을 반성하며 나와 다른 삶을 비교해 보며 자신의 인생을 그려낸다.
나는 에코페미니즘(ecofeminism)이다. 나는 가난에 쪼들리다. 라고 말하지 말고 그저 그냥 사실적 리얼리즘(Realism)이 예술이다 생각하고 낙서 하듯 써 내려가는 그 글이 한 편의 수필이 되고 시가 된다. 인간의 삶은 가꾸는 것이다. 나의 글도 가꾸고 퇴고하여 멋진 창작시가 된다는 생각을 가져 볼 필요가 있다. 본 시집 “시처럼 꽃처럼 인생을 그리다”는 작가 자신의 삶을 그려낸 시집이다. 한 가지 소망이 있다면 이 책을 읽는 독자로 하여금 시처럼 꽃처럼 향기를 드리고 싶다. 각박한 삶에 자그마한 꿈과 감동을 느끼며 다시금 만년필을 들었으면 하는 마음이다.

까만 동경 속에 호수 같은 아침이슬이
윤슬 먹은 파도 되어 시처럼 쌓이고
꿀벌 먹은 호박꽃은
내 사랑 구름처럼 나풀나풀 춤을 춘다

아!
나는 시처럼 꽃처럼 살고 싶다
나는 꽃이 되련다
그리고 한 줄 시가 되련다.

시인 임종구

내 이름

세상에 태어난 기쁨으로
푸른 하늘에 돌을 던진다

새벽의 종소리는 나를 깨우고
동쪽 하늘 태양은 나에게 꿈을 심는다

정오의 쉼터에도 거북의 삶처럼
욕심 없이 한 걸음 한 걸음 고지를 향한다

석양의 노을 속에 내 삶도 물들어 가고
지천명 끝자락에서 새 희망을 얻는다

까만 하늘에 은하수처럼
샛별로 이름 석 자 수 놓는다

내이름(임종구)

임종구 시
심진채 곡

1부 시를 꿈꾸며

2부 꽃을 사랑하고

3부 자연을 벗 삼아

4부 인생을 그리다

1부
시를 꿈꾸며

걸어갈 때 마다
사각사각 소리 내며
잘도 다니네

오늘은 어디로 갈까
울긋불긋 단풍잎 속에
살포시 내려앉은 작은 속삭임

시처럼 꽃처럼 인생을 그리다

삶이란 흐름 속에
말없이 흘러가는 세월 앞에
지나간 흔적을 바라본다

맑고 순수한 마음으로
행복을 염원하는 꿈 많은 어린 시절
부딪치는 현실 속에 눈물이 흘러내리고
이제 이순의 코 앞에서 내일을 그려본다

마음의 여유로움을 찾아
지란지교를 꿈꾸며 샘솟는 영감을 붙잡아
낙서하듯 그려내는 한 편의 시 속에
또 다른 삶을 묻어본다

혹 있을지 모를 독자들에 꽃이 되고
한 줄 시에 일곱 빛깔 무지개를 담아
아름다운 선율에 콧노래 흥얼대며
시처럼 꽃처럼 인생을 그리다.

윤슬에 얽힌 시심

햇빛과 달빛에 비친 잔물결처럼
내 마음은
오늘도 사방스럽게 물결친다

구름 한 점 없던 따사로운 햇살로
해바라기 따라 마음을 두루 안고
하루하루의 삶을 지켜본다

까만 동영 속에
한줄기 빛

고요하지만 내겐 광년의 빛이고
광란의 열정이 움트이듯
실오라기 같은 작은 터널에
베르누이의 가냘픈 귓구멍이
환희의 찬 순간으로 전리된다

한 잎 소복 아이스크림처럼
곱고 깊은 심상으로 풍경을 먹을 때
나의 시심은 누란지세에 머물러
오늘도 광활한 우주 속을
뭉게뭉게 헤잡는다.

사차원마술사

살랑살랑 봄바람에
나는
세상에 태어나 원점을 만들고

뜨거운 태양 앞에
나는
끝없는 열정속으로 선을 그린다

오색 도화지 풍경 속에
나는
세상을 아름답게 그림 그리며

처마 밑 고드름에
나는
강한 정신을 불 밝히며 미래를 간다

해와 달

해님이 방쭉방쭉 미소띨때 나는 두 시
달그림자 몽울질때 나는 술래 되었지
연지 찍고 솟아난 대한의 기상이로세

만년필

반세기 동안 님 그리워하며
내게 찾아온 만년필

걸어갈 때 마다
사각사각 소리 내며
잘도 다니네

오늘은 어디로 갈까
울긋불긋 단풍잎 속에
살포시 내려앉은 작은 속삭임

흰 종이배에 내 맘을 담아 잘도 떠나가네

비가 오면 처마 밑에 똑똑똑
눈이 오면 발자국에 뽀도독

너는 너는
내 맘을 가져가는 작은 마술사
내 맘을 그려내는 나의 혼령이어라!

새벽

석양이 수평선을 물들일 무렵
아늑한 보금자리 꿈꾸듯
생명의 빛 온 세상에 드리우고
손을 내밀어 길을 안내한다

허공에 휘저은 손
잡을 수 없는 바람
꾸밈없이 산다는 게 멀게만 보이는 것은
왜일까

파고드는 썰물이 가슴을 때리고
내려놓고 살라 하며
내일의 밀물을 바라본다

세차게 흔들리며 울렁이던 심장을
꿀꺽 삼키듯 이슬방울로 모아 모아
여울목 망각 속에 흘려보내며
아침의 빛을 마주한다

머피의 법칙을 거울삼아
자식 잘되기만을 손꼽아
한없이 염원하는 마음이 있으니
그래도 나는 참 행복하다.

동경

나비 인양 나풀거리는 긴 생머리와
수줍게 미소 짓는 보드라운 입술
여린 목덜미에 시선이 멈추었다

별이 쏟아져 나올 것만 같은
그녀의 맑은 눈동자와
참깨처럼 고소한 주근깨 향내에
동경의 마음이 샘솟는다

순정 영화를 볼 때면
열두 살 소녀처럼 깔깔 웃고
공포 영화를 볼 때면
아기처럼 칭얼대며 품 속을 파고드니
어찌 사랑하지 않을 수 있을까

예기치 않은 위기의 순간
되돌아오는 부메랑
나에게 온 천사 같은 그녀가
무슨 일인지 악마가 되었다.

터널을 빠져나온 그녀
한결같은 마음으로
따스하게 안아주니
홍옥처럼 새콤달콤하게 웃는다

마음속에 살고 있는 두 마음
천사와 악마가 공존하는 두 얼굴
인간은 누구나 소중유검(笑中有劍)이라지만
상냥하게 흘겨보던 첫 느낌 그대로
희망의 노래를 부른다.

불꽃

네가 있어
난 오늘도 행복해
넌 나의 꿈이니까

내일의 나를 보며
즐거운 밤을 지켜본다

내 맘의 밤하늘에 태양은
불빛처럼 따사로이
희망을 꿈꾼다

하늘에 별이
늘 그대로만 있다면
난 너무 슬퍼

내 체온 속에
고이고이 간직한 이 꿈
오늘 밤 불꽃 되어
활짝 피었네

황홀경

가느다란 어깨에 둘러맨 태양은
삶의 고난과 역경을 짓누르고
붉은 마왕의 쨍그랑 칼날 소리에
번개 치는 핏 줄기는 하늘 높이 솟아오른다.

어두운 그림자의 영혼 인양
거칠어진 숨결의 피아노 소리는
페로몬 같은 산딸기 향내음에 도취되어
잔잔한 가슴으로 사랑을 녹인다.

보는 것만으로도 황홀하고
만져보는 것만으로도 상온 한데
찰나의 속삭임에 뜨거워진 입술
너와의 입맞춤은 우주 속에 무아지경 이련다.

먼 여행이 시작될 즈음
내 몸속으로 빠져드는 너의 속살은
경직됐던 내 몸뚱이에 큐피드 화살 되어
붉은 용암 토해내듯 오르가슴 만끽하니
내 삶의 거침없는 휴복(休福)이어라.

꿈꾸는 낮달

아침에 태양을 맞이하며
나는 잠시 꿈속을 흐른다.

모두 잊혀 가는 시간
나만의 평온이 흐르고 고요한 명상 속에
보이지 않는 사랑이 뇌를 훔치고
내일의 만월을 달구며
희망의 꿈을 꾼다.

누구나 다
자기의 할 일이 있고 책임과 의무가 존재하듯이
나도 내 생명이 다하는 날까지
너를 바라보며 내 꿈을 너에게 주노라.

희망이란 언덕에서
번뇌의 어두운 굴속 늪에
한 계단 한 계단 생명의 빛을 주리다.

세상은 도는 것
사차원의 공간 속에 나를 던져 놓고
내가 그 흐름에 강물이어라.
지혜는 순리이고
시간은 역사이니라.

꿈결 같은 사랑

온 세상이 아름다워요
그대 내 곁에
체온처럼 머물러 있으니

내가 그대를
그대가 나를
이토록 사랑하는 줄
예전엔 미처 몰랐어요

그대 생각에
볼그레 물든 내 마음
그대도 나와 같겠죠

오늘 밤 그대 잠든
꿈속에 다가가
수줍은 얼굴로
사랑해 사랑해
고백하고 싶어요

온 세상이 따사로워요
그대 내 곁에
체온처럼 머물러 있으니

사차원 시인

사차원의 맘으로 밤하늘을 보니
참!
아름다워요
비오는 오늘밤에
나를보고 손짓하네요
내 맘에 빛을 보며 속삭이네요
그리움이 뭐 이냐고

내가 그댈 사랑하는 이유는
그대가
이뻐서가 아닙니다
그대는 내 맘에
항상 자리잡고
있기 때문입니다

비가 오는 오늘
불타는 금요일이
아름다운 추억으로 남길 바랍니다

먼 훗날
추억을 얘기하면 오늘이길 바라며
비오는 달밤
일곱빛깔 무지개속을
걷고 싶어요

빨주노초파남보
한 계단씩 한 계단씩 넘어 보면서
가위 바위 보

사랑한다고
사랑한다고
시로써 집을 짓는 나는, 나는
사차원 시인 인가 보다

천상의 노래

마음을 비우고
내려놓으면
세상이 아름답게 보인다

자존심을 버리고
나를 낮추는 순간
내 주위에 많은 사람이 다가온다

눈앞에 보이는 것만 보면
삶의 가치와 깊이를
모르고 살아가기 마련이다

이제 나는 새로운 꿈을 키워본다
조금씩 조금씩 글을 쓰면서
아름다운 노랫말을
만들고 싶다

내가 쓰는 노랫말이
천상에서 울려 퍼지는 그날까지
선하고 아름답게 살아가련다.

내 이름

세상에 태어난 기쁨으로
푸른 하늘에 돌을 던진다

새벽의 종소리는 나를 깨우고
동쪽 하늘 태양은 나에게 꿈을 심는다

정오의 쉼터에도 거북의 삶처럼
욕심 없이 한 걸음 한 걸음 고지를 향한다

석양의 노을 속에 내 삶도 물들어 가고
지천명 끝자락에서 새 희망을 얻는다

까만 하늘에 은하수처럼
샛별로 이름 석 자 수 놓는다

내 얼굴

새벽 아침 까치 소리에
반가운 손님이 오시려나 보다

졸졸 흐르는 시냇물에 내 얼굴을 비춰보니
유성처럼 떠오른 아버지의 미소를 보았다

곰방대 담배 연기 속에
구수한 옛날이야기가 묻어나고
낚싯줄에 매달린 잉어는
애원하듯 슬픈 눈물을 흘린다

참되고 우애롭게 살라 하시는
비타민 같은 아버지의 교훈 속에
지천명의 세월을 회상해 본다

오늘도 아버지의
그리운 사랑에 내 모습을 보며
남은 여정의 이정표를 잡는다.

강철은 뜨거운 용광로 속에서 단련되고
꽃은 진한 거름 속에서 다시 태어나듯이
나는 또다시 새 희망의 아침을 맞는다

소년의 꿈

사랑방 윗목에서 옹기종기 모여 앉아
호호 하하 감자를 구워 먹으며
옛날이야기 듣던 소년
아버지의 구수한 이야기는 내게 꿈을 심어 주셨네

대통령이 되어라 하시던 아버지는
이야기 할 때마다 꿈을 바꿔 주시며
희망의 꽃을 피워 주셨고
내게 남겨 주신 건
가난이란 성공의 빛을 주셨네

풍요롭지 못한 부족함으로
근면을 만들고 성실함을 생활하고
이룸의 목표를 달성시키며
성공의 길을 가고자 하네

내 생애 마지막 도전
노랫말을 창시하여 꿈과 희망의 세계로
꿈을 이루려 하네

가슴으로 보는 눈

자랑질은 하늘 높이 솟아오르고
열정은 태양을 찌르지만
이루고자 하는 것은
IMF를 만나 모두 허사 된다

새로운 눈을 뜨고 세상을 바라보나
유혹과 번뇌가 좌절을 잉태하고
미꾸라지 손놀림이
온 바다를 흐린다

노숙자를 외면하는 세상 앞에
세월의 고통과 역경을 몸에 담고
또다시 아침을 질주한다

진실의 승자 앞에
거짓의 삶은 녹태 되고
귀머거리 세상은
희망의 염원으로 구원되리라

현실로 바라보는 눈은
눈 앞에 보이는 것만 보이고
가슴으로 바라보는 눈은
눈을 감을 때 우주의 세상이 다 보이더이다

오늘은 무엇에 대해 글을 쓸까

고등학교 때 열심히 펜팔 했던 나
남들보다 조금 더 열심히 한 것이
글 쓰는 재주가 된 것이다

처음부터 글쟁이는 아니었는데
언제부턴가
몇 자 늘어놓기 시작한 것이
글 쓰는 취미가 된 것이다

글을 잘 쓰든 못쓰든
그건 내게 중요치 않다
그냥 머릿속에 떠오르는 대로
낙서하듯 그려내는 것이다

눈을 뜨고 있으면
보이는 것만 보이고
눈을 감으면
생각한 데로
느끼는 데로 모두 보인다
당신의 마음까지도

시를 쓴다는 것은 꿈을 꾸는 것이다

어릴 적 나는 고집불통의 한 아이었다
아버지는 내가 판사가 되길 원했다.

중학생이 되어서야
나는 꿈을 꾸기 시작했지만
대학교수나 글을 쓴다
그때의 소박한 꿈은
배불리 먹을 수 있는
돈 잘 버는 사장이었다.

삶은 나를 허락하지 않았고
꿈을 꾸는 것보다 아이들에게
쌀밥을 먹이는 것이 더 중요했다.

늦은 나이 황혼이 되어가면서
욕먹지 않은 시인이 되겠다고
마음의 결정을 내리고
어느 사이 나는 시인이 되었다

어떤 이는 말한다
이것이 무슨 시냐고

때론 낙서가 되고
때론 일기도 되고

때론 연애편지도 되고
때론 한풀이도 되지만

그래도 나는 말없이 쓴다
독자가 없어도 좋다
내가 백 번 천 번 만 번 읽으면 되지

시를 쓴다는 것은
결국 꿈을 완성시키는 것인가 보다.

괭이갈매기의 소망

배고프다!
너희들은 내가 날아다닌다고
좋아들 하고 부러워하지만
나는 이제 나는 것이 싫다.

몇 년을 살았지만 내 목소리는
아직도 새끼 고양이 울음소리를 벗어나지 못하고
살아간다는 것은
항상 움직여야 하며
가만히 있으면 죽는 것이다.

유람선 뱃고동 소리는
내 귓가에 들려오는
기적 소리 같아
나를 늘 슬프게 만든다.

네가 주는 새우깡이 그래도
내 아이를 살찌우게 하지만
삶의 혼돈을 피하기 위해
나만의 방법을 찾아야 했고
수만 리를 날아야만 했다.

이제 나는
너희들처럼 앉아서 밥 먹고 싶다

나에게도 예쁜 목소리를,
나도 너희들처럼 말하고 싶다.

머릿속에 시를 그리며
삶은 행복하다고.

솜사탕처럼 달콤해

오늘은 유난히 행복한 날
꽃처럼 아름다운 그녀가
내 맘 속에서 미소 짓고 있으니

오늘은 유난히 즐거운 날
기막힌 사연을 적은 그녀가
내 맘 속에서 읽어주고 있으니

오늘은 유난히 긍정적인 날
앳되고 상냥한 그녀가
내 맘 속에서 윙크하고 있으니

오늘은 유난히 힘이 솟는 날
고장난 내 심장이
사랑으로 다시 살아났으니

내 삶의 꿈 하나

새벽부터 소나기가 쉴 새 없이 쏟아진다
출근길 짜증스러웠던 얼굴이
채움을 위해 금세 환한 미소로 바뀐다

어느덧 중년 인생
참으로 바쁘게 살아왔지만
아직도 채워지지 않은 공허함이
나의 갈 길을 재촉한다.

소박한 삶 속에서
사람들의 꿈과 희망이 되는 시를 쓰며
작은 길잡이고 싶었다

지나온 세월 뒤로 하고
재촉하던 걸음 천천히 하면서
행복한 꿈 하나 위해
만년필을 들었다.

불꽃 축제

여의도에 불꽃이 피어오르던 밤
무수히 날아오른 불씨들이
장미꽃이 되고
공작새가 되어
하늘가를 아름답게 수 놓았네

지나가던 아이들
놀란 가슴 쓸어내리고
지나가던 여고생
환호성을 지르네

사막처럼 황량한 이 세상에
위로받지 못한 꿈이 있거든
쏘아 올린 불꽃처럼 날아가
하늘가에 소원을 말해보렴

깨어나라 청춘이여
불꽃처럼 솟아나라

행복한 삶

아직 오지 않은 걱정에 슬퍼하지 마라.
시시각각 변하는 세상

행복해하며 살기도 바쁜데
슬픔을 생각하기보단
행복을 먼저 바라봐요

행복은 내 안에 있는 것
무엇이든
평범함이 소중한 것을

어차피 인생사
아쉬움으로 사는 것
마음을 즐겁게 가지고
지금 현재를 즐기며
삶을 충실하자

오늘을 잡아라

2부
꽃을 사랑하고

너와 함께 하는 세상이 아름다워
푸른 하늘의 태양을 바라보며 사랑을 꿈꾸고
밤하늘의 달을 바라보며 찬란한 행복을 빌었다

네게 사랑을 고백하지 못하고
마음만으로 고백을 연습하고 꿈꿨지만
너로 인해 세상을 아름답게 볼 수 있었다

짝사랑

널 향한 그리움은 가만히 눈 감으면
아침 햇살이 쑥스러워 고개 숙이던 이슬처럼
설렘으로 수줍은 얼굴이 볼그레 물든다

너와 함께 하는 세상이 아름다워
푸른 하늘의 태양을 바라보며 사랑을 꿈꾸고
밤하늘의 달을 바라보며 찬란한 행복을 빌었다

네게 사랑을 고백하지 못하고
마음만으로 고백을 연습하고 꿈꿨지만
너로 인해 세상을 아름답게 볼 수 있었다

세월이 흘러 귀밑머리에 서리가 내린 지금
내 곁에 사랑하는 임자와 함께 하지만
늘 마음속의 너는 나를 젊음으로 이끈다

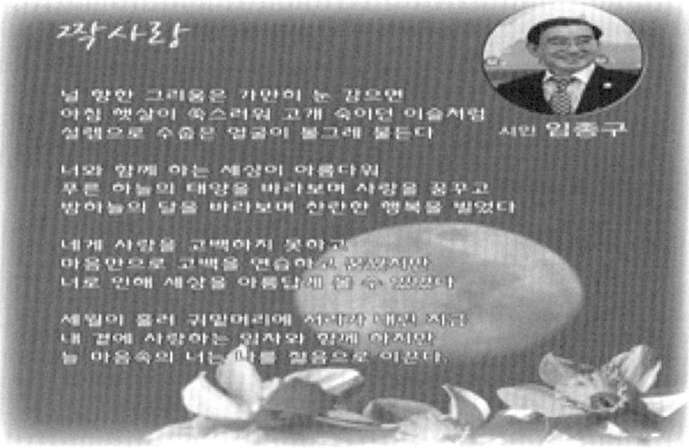

새아씨

늦겨울 긴 잠에서 깨어난 나는
너무 귀엽고 예뻐서
어머니는 문희(文希)라고 불렀고
이제 겨우 사춘기 지난 내가 새색시 되어
꽃가마 타고 시집간다.

장난스러운 남편은
못 생긴 아욱이라 놀려대고
심통난 나는 뾰족한 입을 길게 내밀지만
그래도 나는 행복하다.

가을 하늘 별빛 총총한 밤
은빛 방울 다섯 개 달린 속살 비친 자주색 잠옷
두둥실 높아가는 내 마음을 어찌할꼬

내 나이 아직 서른 전에
착하디 착한 나의 임은 몹쓸 병에
정신은 오락가락
매일 밤 화난 얼굴에 술 마시면
두들겨 패는 지아비는
자신의 죽음을 알고 이제 그만 잊어달라고
새 삶을 찾으라고 그렇게 못되게 굴었구나.
한없이 눈물이 흐른다.

내 삶은 당신의 삶이요!
긴 생머리 잘라 팔며
젖은 손등 피 받아 먹여주던 지극정성에
지아비 병은 씻은 듯이 나았구나.
사랑하는 내 낭군은 오늘도 어린아이처럼
해맑은 웃음으로 나만 바라본다.

극락조

파란 하늘에 먹구름이
돛단배 되어 뭉개 뭉개 얽히고
쉬울 쉬울 참매미는 옛사랑이 그리워
곧게 뻗은 동백나무처럼
아랫도리를 벗는다

오솔길 옆에 산수유는
얇은 미소로 수놓으며
두 팔 벌린 목련은
시 활처럼 손뼉 치고
도라지
도라지
백도라지는 오색 빛을 흠모한다

까만 동경 속에 호수 같은 아침이슬이
윤슬 먹은 파도 되어 시처럼 쌓이고
꿀벌 먹은 호박꽃은
내 사랑 구름처럼 나풀나풀 춤을 춘다

아!
나는 시처럼 꽃처럼 살고 싶다
나는 꽃이 되련다
그리고 한 줄 시가 되련다

남과 여

아주 작고 귀여운 꽃이 있었죠
맘씨 곱고 착하여
만인의 사랑을 받았죠

이를 시샘하는 이가 있었으니
그의 이름은바람, 바람이었죠

꽃이 하늘하늘 미소 지을 때
바람은 심술궂게 괴롭혔어요

바람님 바람님
저를 그냥 내버려두면 안 될까요
저는 바람님께
아무런 해도 입히지 않았어요

애원하는 꽃을 바라보며
바람은 자신의 잘못을 뉘우쳤어요

꽃님아 꽃님아
이젠 걱정하지 말거라

이제부터 내가 널 지켜줄게
너의 작은 꽃씨가
다시 살아날 수 있게

꽃님과 바람님은
사이좋은 친구가 되었답니다

사랑의 꽃씨

당신의 맘을 그리워하며
난 어젯밤 견우가 되었어요

풀 냄새 피어나는 수풀 속에
내 마음 가만히 꺼내 놓으니
바람이 불어와 살그머니 가져갔네요

당신도 내 맘이 보고파서
어젯밤 직녀가 되었을까요

우리의 마음이 하나가 된 듯
가을비가 촉촉하게 내려오네요

바람이 내 마음
실어다 주었나 봐요

서로를 그리워하는 간절한 마음
천사들도 알고 있다는 듯이
사랑의 꽃씨가 피어나네요

사랑이 시작된 거야

이미 사랑이 시작된 거야

세상은 너무 아름다워라
그대 항상 내 곁에
체온처럼 머물 테니까

내가 너의 곁에 잠시 살아있다는 것을
나는 행복하며 감사합니다
그대는 내 사랑입니다.

너를 사랑한 내 맘은
동백꽃 속에 짙은 화장으로
언제나 뜨겁게 속삭이며
영원히 영원히
사랑할게

오늘 밤 그대 잠든 꿈속에 다가가
수줍은 얼굴로
널~~~
사랑해!　사랑해!
말하고 싶어.

꽃이 바람에게 전하는 말

아주 곱고 예쁜 꽃이 있었죠
맘씨도 얼마나 좋은지
이웃들만 보면
입이 귀에 걸린 듯
싱글벙글 웃었죠

나는 너무나 사랑스럽고 아름다운
그 꽃이 생글생글 미소 지을 때마다
꼬집어 주고 싶을 만큼 샘이 났답니다

꽃이 내게 수줍은 듯 말하네요
애써 숨기려 하지 말아요

나를 향한
그대의 마음이 진심이라면
그냥 나를 바라만 보아주세요

내가 사랑하는 그대 곁에서
이대로 머물러 있는 것 만으로
나는 진실로, 진실로 행복하답니다

산골 소년의 사랑이야기

산에는 꽃이피네!
골짜기 마디마다 한없이 꽃이피네

소리 없이 피는 저 꽃은
년말 함박눈 피는 날에도 필련지
의미스러운 저 꽃은

사람들의 발걸음을 메어 두고
랑랑하게 피어오른 저 꽃봉우리는
이 내 마음 한없이 말없이 사로잡네
야하지도 아름답지도 않으면서
기똥차게 내 맘을 사로잡네

사랑은 무지개를 타고

별빛이 소근 소근
내 맘을 아는 듯 속삭이네요

내가 그대를 사랑하는 것은
남이 아닌
바로 나의 그대이기 때문이라고
비가 오는 날
그대 손을 잡고
일곱 빛깔 무지개 속을
한없이 걷고 싶다고
사랑은 1+1 수학 공식이 아닌
사랑은 0+0 무에서 유를 창조한다고
그대는 나를 비추는 거울이니
나는 그대의 아름다운 별이 되고 싶다고
오늘 밤 잠든 나의 꿈속으로
살며시 들어와 사랑을 고백하고 싶다고

별빛이 소근,소근
내 맘을 아는 듯 속삭이네요

그대가 좋아서

그대가 좋아서
난 그대를 좋아했습니다

그대가 멋져서
난 그대를 보고파했습니다

그대가 재미나서
난 그대를 보며 즐거워했습니다

우리들의 사랑은
보신각 종소리 울려 퍼짐에 시작되었고
작은 설렘으로부터 시작되는
작은 떨림이었습니다

그대가 사랑스러워서
난 365일 그대를 사랑하겠습니다

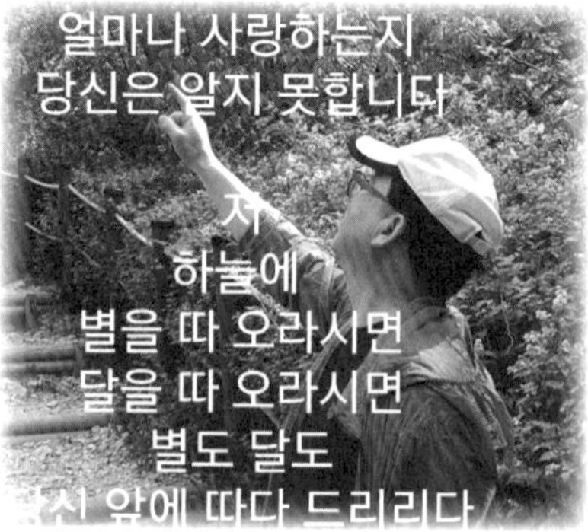

내 가슴속엔

내 맘의 따뜻함은
님의 미소입니다

내 맘의 기둥은
님의 어깨입니다

내 맘의 설렘은
님과의 만남입니다

내가 가장 갖고 싶은 보석은
님의 마음입니다

세상에서 가장 풍요로운 들녘은
님의 가슴입니다
그 가슴속에 내가 살고 있답니다

내 마음속에 살아있는 너는
나의 하늘이랍니다

수줍은 사랑

세상이 아름답게 보여요
그대가 내 곁에 있으니

따스한 체온으로 나를 감싸 주네요
그대의 마음 함께 있으니

산들산들 부는 바람 향기로워요
그대의 장밋빛 스카프 내음에

내 마음에 고운 꽃물이 들어요
그대의 고운 미소 스며들어서

오늘 밤 꿈속으로 와 주실래요
수줍은 내 사랑 고백할래요

언제까지나 내 곁에 머물러 주오
황홀한 나의 사랑아

아내의 꽃

꽃이 아름답지 않으면
그건 꽃이 아니요
꽃이 향기롭지 않으면
그건 꽃이 아니다

그건 악마 같은 마누라 다.

하지만
난 언제나
그 꽃에 잠들어 있다
그리고
머물러 있다

밤하늘에 별을 보며
오늘도
향기 없는 꽃에
자성의 달콤함으로
입맞춤한다.

내 친구

어릴 적 코 흘리기였던 너는
내게 가장 소중한 친구였지

초딩시절 수해지로 배고픔에
미군이 보급하던 딱딱한 우유
등가죽 붙은 배꼽이 안쓰러워
친구 입에 불어 넣었네

삶과 죽음의 따발총 소리
빗발 치던 가난으로
우린 흐느끼는 눈물 속에 이산가족 되었지

불혹의 43년 세월
아쉬움과 보고픔에
달빛은 그리움만 더해 가고
삶의 굴절 속에 다시 만난 너는
우리의 삶에 희망 되고
큰 별로 등불 비춰 만인의 희망 주네

초심의 고운 마음
영원히 빛나리다
사랑한다
축하한다.

우정

휴가는 아니지만
급조한 시간을 만들어 오랜만에 친구들이랑
당진의 명소 왜목 마을을 찾았다.
누워있는 사람의 목처럼 닮았다 하여 붙여진 이름
혹자는 왜가리의 긴 목처럼 생겼다고도 하여
왜목 마을이라 한다.
견우와 직녀가 일 년에 한 번 만난다는
오작교도 설치되어 있고
해 뜨고 지는 일출 일몰을 한 곳에서
볼 수 있는 곳이라 한다.
우리는 저녁 늦게 도착해서 일몰을 볼 수가 없었지만
그래도 첨벙첨벙 다가오는 파도가
우리를 반겨줘서 고맙다.
내일은 바다가 갈라진다 하는데
이참에 쩍 쩍 갈라져 중국까지 갈라져 주렴!
걸어서 중국 한번 가보게......
행복하고 즐거운 마음에 기분은 들떠있고
삐쭉 내민 보름달도 내 마음을 아는 양
환하게 미소 짓는다.
오랜만에 친구들 만나 추억 만들기에
정열을 쏟는다.
우르르 쾅쾅 폭죽 소리에 놀라
까만 하늘의 은하수가 질투하며
별똥별을 뿌려준다.
이 밤이 가지 않기를 바라면서

오늘도 우리들의 우정에
축배를 든다.

소원

네 소원이 무엇이냐
누군가 내게 묻는다면
첫눈 오는 날 카페에서
님과 사랑을 속삭이고 싶다고

네 소원이 무엇이냐
누군가 내게 묻는다면
내 친구 뭉치의 꼬리가
오래오래 건강했으면 좋겠다고

네 소원이 무엇이냐
누군가 내게 묻는다면
내가 좋아하는 별 보며 달 보며
지구별을 푸르게 가꾸고 싶다고

네 소원이 무엇이냐
누군가 내게 묻는다면
달님이 웃는 비 오는 달밤
님과 함께 사랑을 약속하고 싶다고

내님

첫눈 오는 날을
손꼽아 기다리는 것을
내님도 알고 있을까

별처럼 반짝이는
내님의 눈동자를 바라보며
푸른 물감을 뿌려놓은 듯한
호숫가를 다정히 걷고 싶어

별무리 사이로 들려온다
사근사근한 내님의 목소리가
별처럼 반짝이는
내님이 나를 보며 윙크한다

설렘으로 가득한
밤두근거리는 내 마음은
내님이 오실까 하여
문밖을 서성인다

빈 손

삶은 무엇이었는지
삶의 의미는 무엇이었는지
그토록 몸부림치며 살고자 했던
이유는 무엇이었는지
나는 여태 알지 못하였다

자신을 위해 살았는지
가족을 위해 살았는지
돈 명예 명함을 위해 살았는지
나는 여태 알지 못하였다

움켜쥐고 있어도 내 것이 아니었던 것을
죽을 때 모두 싸가지고 가는 것도 아닌 것을
빈손으로 왔으니 빈손으로 가야 하는 것을
나는 여태 알지 못하였다

초등친구

밤새 흰 눈이
소록소록 내 가슴을 달구더니
오늘은 아침부터 잿빛 하늘 가득하네

봄향기 봄바람
새 숨결을 가슴에 담아
그 기쁨 생동감에 내 마음도 살아있네

난 아빠 넌 엄마
소꿉장난하던 영희와
갯지렁이 사브락 사브락 되는
앞마을 뒤 도랑에 가재 잡던 철수는
어릴 적 부부라네

옹기점 말 여우고개
덕포 살던 내 친구들
불혹의 시절 다 지나가고
이젠 모두 곰방대 담배 무는
육십 갑도 그리 멀지 않았다네

43년 만의 만남
이제라도 우리 우정 싹 트이니
봉래산 붉은 정기 이어받아
만수 장수 이루어 보세

작은 모래, 해변 되고

작은 모래, 사막 되니
우리 우정 모래 같지만
모이고 모여노니 태산 같세

옛 추억
떠올리고 소꿉장난 다시 하다
천당 가고 극락 갈 때 내 손잡고 같이 가세

아직은 친구랑 노느라고
바쁘다고 전해라!
갈 때 되면 알아서 가겠으니
기다리라 전해라!

보금자리

삐뚤삐뚤 줄 그어진 선따라
빽빽이 들어선 빌딩숲에
나는 어디로 갈까
동서남북
아무리 찾아봐도 꽉 막힌 울타리
내가 가야 할곳은 작은 쉼터인데
만리장성 가로막혀 발길이 멈춰 있다

눈을 감아 본다
상상속에 펼쳐지는 그림속에
나래를 편다

날으는 새처럼 훨훨 날아
나의 쉼터에 도착한다

아!
멀고 험한 내 인생에 보금자리
작은 여백이 쉼터되어 나를 반긴다
나의 작은 쉼터가 천하를 호령한다
마음도 쉼 되어 노래한다
행복하다

당당한 나

다가서면 설수록
내 모습이 행복해 보여서
멀리가면 멀수록
내 모습이 그리워 보여서
나는 좋다

아침 출근길에
거울 앞에선 나는 기분 좋다 잘생겨서
저녁 퇴근길에
거울 앞에 선 내 모습은 더욱 잘생겼다
웃을 줄 아는 얼굴이라서

내가 날보고 웃는 행복의 비결은
웃어서 행복한 것이다

야생화 같은 내 얼굴에
그윽한 세월의 향기가 묻어나
미소 짓는다.

잠자는 뻐꾸기

아침마다 일어나라 잠 깨워주고
슬플 때마다 노래 불러주던 너는
내가 가장 좋아하는 친구였지

흘러가는 세월 따라
스마트폰에 빠져 허우적거리다
네가 옆에 있음을 잊고 있었어

나만 바라보다 기다림에 지쳤는지
꽉 찬 슬픔 한 아름 안고
뽀얀 먼지 이불 삼아 잠자고 있는 너

다가가 밥도 주고 어루만져주니
다시 뻐꾹 뻐꾹 하며
노래 부르는 나의 영원한 친구

그대는 너무 아름다워요

온 세상이 너무 아름다워요
그대 항상 내 곁에서
체온처럼 머물 테니까

내가 그저 당신 곁에서
잠시라도 살 수 있었음에
나는 행복하고 감사하네요

당신을 사랑하는 내 맘이
단풍잎처럼 볼그레 물들었어요
오늘 밤 당신 꿈속으로 찾아가
사랑해, 사랑해
수줍게 말하고 싶어요!

사랑 한줌을 편지로 보내며

나의 사랑에 꽃을 심는다
나의 마음에 꽃을 심는다
나의 웃음에 꽃을 심는다
당신이 나를 바라보면
행복해 보이게

나의 눈빛에 맘을 심는다
나의 입술에 맘을 심는다
나의 미소에 맘을 심는다
당신이 나를 바라보면
달콤해 보이게

봄이 오면 피어나리
당신을 위한 나의 변신
예그리나 사랑

당신은 나의 단미
나는 당신의 늘해랑
그대는 고운 내사랑
오늘도
사랑 한줌을 편지로 보내며

3부
자연을 벗 삼아

내 맘은
달빛 고와 솟아난 아지랑이
긴 세월 스미는 아픔
먼 바다로 건네 보내고
파랑으로 파식되어 불타는 얼음 잉태하니
포근한 인향이 샘솟는다
내 맘은
달빛 아래 피어난 바다의 꽃이어라

어머니의 화분

동강의 맑은 물은 다 어디로 갔는지

봉래산은
마을의 수호신 장승처럼 우뚝 서 있고
새벽종 소리에 두견새는 한결같이 슬피 울며
한(恨) 많은 낙화암은 내 가슴을 뛰게 한다

초가집 울타리 밖 두레박 우물 속은
해맑게 웃던 내 얼굴이
오늘도 수채화 같은 화폭 속에 미소 띈다

도회지 생활 십수 년에 향수(鄕愁)는
고향의 젖줄 남한강 기슭에서 담아 온
어머니 닮은 화분의 흙에서 꽃처럼 피어난다

자연의 섭리

태양의 마음을 누가 아는가?

새벽에 햇빛을 줄 때
세상이 밝아오니
희망을 주는 것 같고

저녁에 등 돌릴 땐
어둠을 주니
나에게 절망을 주는 것 같다

어둠이 휴식임을 모르고
삶은 늘 나를 재촉함은
내 머리로만 보이고
내 욕심이 나를 지배하기 때문이다

태양은 늘 그 곳에 있거늘

내 위치가 바뀌어도
언제나 늘 그 곳에
태양의 고마움을 알고
감사하는 마음이 있을 때
내 삶이 풍요로운 것이다.

독도의 정절

내 맘은
달빛 고와 솟아난 아지랑이

긴 세월 스미는 아픔
먼 바다로 건네 보내고

파랑으로 파식되어 불타는 얼음 잉태하니
포근한 인향이 샘솟는다

내 맘은
달빛 아래 피어난 바다의 꽃이어라

여백의 미

꽃이 아름다운 것은
꽃 뒤에 자리 잡은
자연 배경이 있기 때문이고

구름이 아름답게 보이는 건
구름 위에 펼쳐있는
파란 하늘이 있기 때문입니다

밤하늘에 별이 아름답게 보이는 것은
태양이 숨어버린
까만 공간이 있기 때문이고

여인이 아름답게 보이는 것은
여인을 보고 있는
남자인 내가 있기 때문이다

이렇듯
세상은 하나를 위해 열이 존재하고
나의 빈자리가 있기에
내 삶도 아름다운 것이다

초록 세상

북녘에 솟아오른 빨간 립스틱
비둘기의 입맞춤에
온 세상이 초록빛으로 물들었네.

비의 여신

비가 내리는 날
님이 더욱 그리워지는 것은
창가에 흐르는
빗물 때문만은 아니겠지요

비가 내리는 날이면
우산 속에서 속삭이던
님의 맑은 웃음소리가
빗속을 뚫고 들려오는 까닭이겠지요

빗속을 둘이서 걸을 때면
톡 톡톡 떨어지는 빗방울에
움츠린 어깨를 내게 기대어
내 마음이 볼그레 젖어들어갑니다

이것이 사랑이라면
나는 그대를 사랑하나 봐요
이것이 진정 사랑이라면
나는 그대를 진정 사랑하나 봐요

달그림자

천지에 솟아오른 흰 비둘기
백록담에 비춰보니
두 마리의 토끼가 풍금 친다.

억새풀

무엇이 그리 힘들었나
이름조차 억새어라
까칠까칠 까칠라고
이름까지 바꾸었니

가을의 절정 시시월에
은빛물결 멀고머니
살랑살랑 내 마음을 델고 가네.

오소산 산자락에
노오란 벼 이삭 가득하니
내 마음
뿌듯함에
산꼭대기 길 쉴 새 없네.

제주에야 산굼부리
민둥산은 민둥민둥
억새풀은
오서 오라고
오서산이 장관일세.

어째꺼나
어째꺼나
억새풀은 호방하여이다!

사계

봄 여름 가을 그리고 겨울
그중에 하나도
없으면 나는 울테야

겨울에 하는 사랑은
수선화 같은 사랑
고결하고 신비로운
사랑!

겨울에 피는 하얀 낙원
내 맘속에 당신
당신은 달빛에 비친 수선화
우리 함께 가요

사랑하는 우리 님
사랑옵다!
예그리나!

홍엽

황혼빛 하늘 아래
천염으로 덧칠한 가을 잎사귀
내 가슴속 심장으로 물 들었네

깊숙하고 고요한 산 골짜기마다
허리를 감도는 빨갛고 노란 잎들이
솜사탕 마냥 뭉개 뭉개 얽혀
산세 풍경 절정에 다달았네

피톤치드 부드러운 숲 향기가
내 삶에 사활 되어 취하게 만들고
비 오는 날 단풍잎의 물 보석은
영롱한 비취빛 호수 되어 내 맘을 감싸네

가을의 끝자락에 홍조 띤 수림 속은
마음으로 그려내는 한 폭의 산수화
세속과의 인연을 떼어놓고
번뇌 벗는 신비로움으로 자태를 뽐내네

동경2

내 맘은
달빛고와 내밀어
파랑으로 파식된 불타는 얼음을 잉태하였네

새벽아
하늘아
파도야
내 사랑을 만날 수 있게 문을 열어라

하늘이 열리고
바다가 허락해야
땅을 밟을 수 있는 돌섬에
타오르는 붉은 열정을 쏟아내어
대한의 기상을 드높이리라

달사랑

구름 울고 바람 울고 파도가 노래하니
내 마음 철새 되어 쑥 내민 얼굴
달빛 고아 찾아드는 대한의 축복이어라

긴 세월 스미는 아픔에
불타는 얼음 잉태하여
바람과 파도에 찢기고 부서질 정
그래도 나는 너랑은 살고 싶지 않아.

달빛 고아 솟은 얼굴
너 줄려고 피어났나?
파랑으로 파식되어
불타는 얼음 잉태하니
그 아비는 대한 이로세!

진달래꽃

밤빛이 하얀 오늘
내 마음도 하얗게
내 가슴속 희망이 샘솟네

즐겁게 사는 삶
내겐 나침판이었지
보이지 않는 행복은
내겐 바램이었나

함박눈 펑펑
온 세상을 참사랑 주시네
널 가질 수 있는 나의 마음은
나의 간절한 소망이었지

꽁꽁 얼어붙은 내 마음에
핑크빛 진달래~꽃
내 생명에 빛을 주었네

나 오늘 그를 사랑함이
작은 행복으로 소박하게 살고 싶네
앵초 같은 너를 보고 있으니
나에게도 희망이 보인다
하늘엔 염소자리
내 맘엔 궁수자리

너를 향한 내 마음은
기쁨 속에 행복으로
엔톨핀이 모닥불 되어
나를 채우네

북한산 단풍

그윽한 눈빛
부끄러워 빨간 홍조
님에 마음도 홍심이라

때론 빨갛게
때론 파랗게
물들때

오늘은 님그리워
노란색으로 갈아 입었네

한잎 두잎 떨어지는
낙엽위에 붉게 물든 노을속
지는 태양 슬퍼마라
너는 내일이면 다시 피어나리

나는 나는
오늘 이길 지나가면
다시오지 않는 이길
길을 따라 내인생도
너무 아프게 지나가리

사랑하면 사랑할수록
그리워 그리워서 가슴 조아리며

오늘따라 그대가 보고시퍼
마음빛 술 한잔에
울긋불긋 내 마음도 물들었네

시인의 노래

청명한 하늘자락
내 맘을 푸르게 하고
들에 핀 코스모스
내 맘을 향기롭게 하네

살콤달콤 부는 바람
내 맘을 들뜨게 하고
오색찬란 단풍잎은
내 맘을 색칠하네

님아,
그림의 계절이여
님아,
시인의 계절이여

살랑살랑 설렘에
가을과 연애하는
가을을 사랑하는
시월은 시인이로다

실개천 속의 행복

꽁꽁 얼어붙은 도랑물이
어릴 적 엄마 젖가슴에
촉촉이 흐르는 땀 물처럼
포근함을 맛본다

소리 없이 내려오는
어머니의 눈물 속에 정을 느끼며
울퉁불퉁 솟아오른
자갈들에 내 삶을 바라본다

살금살금 뒷걸음치는
빨간 가재는 내 맘을 알까

시인은
그곳에서 향수를 맛본다
그리움 속으로 가 본다
추억 속에 빠져들며
실개천을 바라본다
오늘은 자연을 볼 수 있어
나는 행복하다

두타산(頭陀山)의 풍경[風景]

머리가 섬처럼 생겼다고 하기에
궁금함에 정상을 바라보며 질주한다

오르고 또 올라도 보이는 건
앙상한 나무 가지뿐
아직도 남은건 십리도 못 가 발병나는 십리
힘들다 포기할까 내려가야 하나
늘 산에 오면 한번씩 겪는 일
오늘은 끝까지 정상을 가져간다

조금있으면 부처님 오신날
여기 두타산(頭陀山) 엔
벌써부터 부처님께서 누워 계신데
산기슭 정상에 들려오는 고동소리
아니 왠 오토바이소리
무덤속에 놀란 조상님들 잉크하신다

어느 덧 정상
도라지 새순이 쫑긋쫑긋 인사하고
드럼에 맞쳐 가랑잎도 살랑인다

가을은 새침데기

그녀와 만나기로 한 날
부리나케 단장하고 나가니
호랑이 한 마리가
떠억 버티고 있네

저 놈의 호랑이가
내 사랑 그녀를 잡아먹었을까
저 놈을 잡아서
내 사랑 그녀를 찾을 수도 없고
미치고 팔짝 뛰겠다

오데로 갔나
오데로 갔나

한 없이 높아만 가는 하늘은
내 그림자를 파랗게 덧칠하고
내 맘을 모르는 체하며
흰구름 한 쌍 유유히 흘려보낸다

차 안에 넣어놓은 막걸리처럼
부글부글 끓어 넘치는 내 마음
그녀는 알고 있을까?

내 마음의 봄비

사랑은 봄비처럼 내 맘을
적시고……

빗물에 흩어진 내 맘을
모으고……

봄비와 아침에 속삭인 콩 싹을
싹둑 잘라먹으니……
이젠 완연한 봄이 연가 합니다

아! 햇살은 따스하고
짓궂은 바람만 피해준다면
산책하기 딱 좋은 봄날인 거 같아요

봄날과 더불어 우리의 인생은
너나없이 서로의 행복을 빌어주고
메말랐던 대지를 촉촉이 적셔주니

만물의 소생을 잉태하고
훈훈한 인정미를 느끼게 하는
아마도 계절의 시작을 알리는
자정의 종소린가 하노라

우리 모두 얼었던 동잠에서
어서 깨어나
행복한 오늘 만들어 봐요
우리!

만추의 계절

구름 한 점 없이 푸른 하늘
사랑 가득 담은 대추나무 열매
하늘하늘 춤을 추는 코스모스
들판의 허수아비 가을을 재촉하네

조상님 보고 싶어
찰진 햅쌀밥 올려놓으니
정성껏 차린 풍성한 차례상에
함박웃음 지으시네

여름과 겨울 사이
징검다리 건너는
동네 꼬마들도 신이 나서
잠자리처럼 날아다니네

세월의 흐름이
시컨스 회로처럼 돌고 도니
처녀 총각 가슴에도
알록달록 사랑꽃 영글어 가네

단종전야제

칠흑 같은 어둠이 내리는 밤
동강의 맑은 물은
오늘도 세월의 유수와 벗 삼아
한없이 한없이 흘러만 간다.

매년 이맘때면 짝 잃은 두견새는
임 그리워 슬피 울며
소나무는 장릉을 바라보며 손짓한다.

남한강 가장자리
흰 돛단배 촛불 하나 불 밝히며
꺼질락 말락 펄럭이는 바람 소리에
야속하게 들려오는 말발굽 소리는
어린 가슴 심장 멎는 가슴 졸이는 혼동일까

그리운 임 보고픔에
강물 속 붕어들도 촛불 따라 줄지어 쫓아간다.

촛불에 반사된 까만 밤하늘은
어린 임금 단종의 넋을 그리워하며
오색찬란 불꽃놀이 수를 놓는다.

생동하는 모든 만물이
촛불 속에 하나 되어
작은 몸집 하나로

자신을 태워 너를 밝히니
조상의 얼처럼
촛불이여!
영원하여라.

산 밤

산이 좋아 산길을 걷다
떼구루루 굴러오는 산 밤을 주웠네

하나는 큰아들 주고
하나는 작은아들 주고
하나는 마누라 주고
하나는 내가 먹으려고
주머니에 쏘옥 넣었네

쪼르륵 고픈 뱃속에서
밤을 달라고 애원하길래
껍질을 벗겨 오독오독 씹으니
달콤한 밤 향기에
어두운 밤이 손을 내미네

주머니 속 산 밤을 꺼내어
어두운 밤에게 건네주니
달님도 미소 지으며 손을 내미네!

꽃씨

아주 아름답고
맘씨 고운 꽃이 있었어요
그 꽃의 이름은 여자랍니다

그리고 아주 거칠고
힘이 센 바람이 있었답니다
그 바람의 이름은 남자랍니다

여자는 남자에게 말했어요
지금의 나는 조금 슬프지만
저를 그냥 내버려두세요

맑은하늘 밝은 태양 아래
곱게곱게 살고파요
나의 작은 꽃씨를 부탁해요!
나의 작은 꽃씨를 부탁해요!

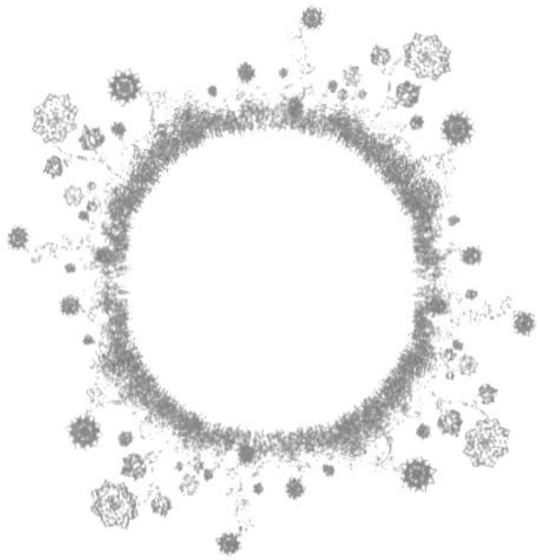

꽃씨2

사랑하는 당신이 제 마음을
흔들면 나는 너무 힘들어요

지금도 당신을 사랑하지만
그냥 내버려줘요
당신이 아니라도
나를 슬프게 하는 것은 많아요

거센 바람 차가운 빗줄기
검은 비구름
고독한 어둠이
나를 슬프게 하지만

어둠속에 달빛
맑은 하늘
밝은 태양
잔잔한 바람을
나는 사랑 한답니다

하지만
시간의 흐름속에
나도 어쩔수 없네요
나의 작은 꽃씨를 부탁해요!
나의 작은 꽃씨를 부탁해요!

원점

초심을 그리며
품에 안은 그대여
서글픈 마음은
가을로 가는 마차에 태워 보내고
서로의 생각을
아끼고 존중하며
새로운 꿈을 그려 보아요

오늘의 진통은
우리의 풍요로운 삶을 위하여
내일의 희망 어린 밑거름으로 감내하며
서로를 아끼고 사랑하는 마음으로
원점으로 돌아가
고운 향기 가득 담아
달빛 아래 품어 보아요

4부
인생을 그리다

열심히 사는 것이
아름다운 삶이 아니다
꿈이 있다고
행복한 삶이 아니다
어두운 길에서
한줄기 빛이 있듯이
수평선 끝에서도
희망의 빛은
늘 기다리는 것이다.

지금
내가 바라본 등대는
자신보다 남을 위해
살아가는
희망의 등불이었구나.

행복한 부부

평생을 함께하자고 약속한 그날
아침 이슬보다 촉촉한
곱고 아름다운 눈빛으로 마주 보며
사랑의 속삭임에 행복하다

연인으로 이어 온 시간들
어느덧 사랑으로 맺어져
함께 손잡고 떠난 밀월여행
청사초롱 불 밝힌다

사랑과 믿음으로 의지하며
이해와 배려의 따뜻한 마음으로
우리를 꼭 닮은 아들딸 얻어
한결같이 행복한 삶을 살아간다

삶의 훈장처럼 머리 위엔 서릿발 내리고
한결같은 사랑으로 살아온 세월
맞잡은 두 손 꼭 잡고 남은 인생
서산의 아름다운 노을처럼 살고 싶다

그녀의 얼굴

환한 미소에 수줍음 섞인 얼굴
긴 생머리에 핑크빛 입술
당장에라도 입맞춤을 부르는 그녀는
역시 천사였다

공포 영화를 보고 난 그녀에게서
갑자기 악마의 모습이 그림자처럼 스친다
울긋불긋 검버섯에 새까만 주근깨
어디서 나온 도깨비 얼굴로
금세라도 날 잡아먹으려 하는 것은
무엇 때문일까

나는 천사 같은 얼굴만 바라보면서 살고 싶은데
사람은 누구나 두 마음이 존재하나 보다
천사와 악마가 보이는 두 얼굴
인간은 누구나 다 소중유검이구나

알람소리

먼 훗날의 기적 소리 들으려
우리 모두 모였다가
대양을 향해 또다시 지류(支流)를 탄다

하나의 차돌이 닦이고 갈리어
새알처럼 맑고 닳아져
어여쁜 조약돌이 되듯이
내 삶도 어느덧 오팔로 물들어 간다

탄지(彈指)의 그리움에
훌러덩 지나가 버린 아련함과
세차던 아픔이
숨막히게 순간순간 닳아진 가슴속에

시인이란 새로운 삶의
또 다른 세상을 만드는
내일의 시작임을 알리는
알람소리 였구나.

교감(交感)

초롱초롱 빛나는 눈망울로
나를 바라보는 그대
가녀린 어깨 살포시 안고
입맞춤하고 싶지만
지금 이대로도 좋아라

마주 보는 눈빛에
사랑이 피어나
사르르 녹는 내 마음
그대의 두 볼을 감싸 안고
입맞춤하고 싶지만
지금 이대로도 좋아라

하얀 이 사이로
피어나는 그녀의 미소
깨물고 싶을 만큼 사랑스러워
그대의 허리에 깍지 끼고
입맞춤하고 싶지만
지금 이대로도 좋아라

등대

석양의 노을이 떠나간 자리
외로움의 등불이 되어
수많은 생명에 빛을 주고
행복의 보금자리로 인도하는 너는
혼자 있어 많이 무섭지만
너를 바라보는 마음이 있으니
그래도 삶이 행복하다.

평범한 인생
종족 번식의 법칙 따라 내 삶도 존재하고
자식 잘 되기만을 핑계삼아 살아왔으니
이젠 나에게도 새 삶의 이정표가 필요하다.

열심히 사는 것이 아름다운 삶이 아니다
꿈이 있다고 행복한 삶이 아니다
어두운 길에서 한줄기 빛이 있듯이
수평선 끝에서도 희망의 빛은 늘 기다리는 것이다.

지금 내가 바라본 등대는
자신보다 남을 위해 살아가는
희망의 등불이었구나.

동행

검은 머리 파뿌리 될 때까지 살자며 약속한 그날
곱고 아름다운 눈빛으로 마주 보며
아침 이슬 촉촉하게
사랑의 속삭임에 행복을 느낀다

시간의 흐름도 아랑곳없는
연인의 첫사랑처럼
청사초롱 불 밝힌 머나먼 여행을 떠난다

신뢰와 소통으로 공유하며
희생과 배려의 상념으로
행복한 결실의 분신을 탄생시키며
아름다운 삶을 마음껏 영위해 본다

세월의 흐름 속에 만고풍상(萬古風霜) 헤쳐가고
믿음의 동반자로 황혼의 여정 속을 거닐며
무관심 없는 지향 속에 늘 경청하고
아름다운 낙원에서 생을 장식하는
북망산천(北邙山川)에서 잠들고 싶다

하루만

내가 당신과
함께 하고픈 시간은
딱 하루만이라도 좋습니다

내가 당신과
함께 얘기하고픈 시간은
딱 한 시간이라도 좋습니다

내가 당신과
함께 눈빛을 주고받는 시간은
딱 일분이라도 좋습니다

내가 당신과
마음이 공유하는 시간은
일초면 충분하니까요

일초의 눈빛으로
너는 내꺼
나는 당신꺼

일초의 교류가
당신과 나를 평생 동안
즐겁고 행복하게 만들 것입니다

우리에겐 그리움이
필요 없다는 것을

문방사우

하늘천 따지 검을현 누루황
천지현황 우주홍황이라
어릴 적 귀에 못이 박히도록
듣고 또 듣고 골백번도 더 들었다.
훈장 선생님이신 아버지의 음성은
존엄하시어 그 누구도 거역할 수 없었고
아버지의 경 소리에 춤을 추던 문방사우는
이미 오래전에 내 친구가 되었건만
아직도 서재에서 겨울잠을 잔다.

아!
이 잠꾸러기 친구들아 밥 좀 먹고 자라.
곱고 맑은 수정 빛깔 연적 속에
천일야화 램프요정처럼
내 머릿속 아름다운 시심은
금수강산 벗 삼는다.

문방사우2

하늘천 따지 검을현 누루황
천지현황 우주홍황이라
어릴 적 귀에 못이 박히도록
듣고 또 듣고 골백번도 더 들었다.
훈장 선생님이신 아버지의 음성은
존엄하시어 그 누구도 거역할 수 없었고
아버지의 경 소리에 춤을 추던 문방사우는
이미 오래전에 내 친구가 되었고
아직도 서재에서 꿈틀거린다.
잊혀가는 아버지의 얼굴이 거울 속에 비치고
하늘천 따지 천자문 소리는 여전하시다.

오늘 밤 꿈속에 나타나신 아버지
착하고 사내다운 내 아들이
조랑말 타고 장가가는 가마에
가화만사성(家和萬事成)이라
크게 획을 그으신다.

끝없는 사랑

아카시아 향기 그윽한 오월
봉래산의 정기를 받아
태어난 작은 가슴에
설렘으로 쌓이는 하얀 마음으로
저 멀리 산등성이 세상을 바라본다.

생거진천, 진천의 농다리에
얼었던 심장을 풀어 놓고
파란 하늘과 푸른 호수를 벗 삼아
한줄기 솟아낸 시어에 마음을 담는다.

어릴 적 고향 산천 아래
섶나무를 엮어서 만든 다릿발과
물푸레나무로 지게 자루 마냥 엮어
널따란 널래와 마주하는 어머님의 마음이
나를 품는다.

마음으로 그려보는
동강의 작은 섶다리는
어머니의 따뜻한 마음을 닮은
지네발 같은 끝없는 사랑이어라.

죽음의 메시지

나와 닮은 형제는
스무 명이나 되나 나는 늘 혼자 이어라.

내가 외로워 혼자 울고 있을 때
손잡아주고 뽀뽀해줘서 그나마 달콤했고
내가 젊어 열정이 훨훨 타오를 때
도넛 문양처럼 환상적인 그림에 나는 황홀했다.

이제 다 늙어 힘도 없고 흰머리 듬성일때
발로 비벼 만든 것이 하얀 쥐포였구나.

아!
그러나 난 널 원망하지 않는다.
그것의 나의 삶이니까

너의 괴로움은 나로 인해 해소하고
너의 스트레스 나로 인해 풀어 주리라

나는 이제 떠나노라.
내가 너 옆에 계속 머물면 너는 병들어 죽으리라.

열망을 잉태한 독도

천 만년을 한결같이 둥지 틀어 부여잡고
스미는 아픔으로 불타는 얼음 잉태하니
오천만이 어룽지는 대한의 열망이로다

천 만년을 한결같이 둥지 틀어 부여잡고
스미는 아픔으로 불타는 얼음 잉태하니
태극 숨결 아롱지는 대한의 기쁨이로다

천 만년을 한결같이 둥지 틀어 부여잡고
스미는 아픔으로 불타는 얼음 잉태하니
태극 숨결 영롱한 대한의 축복이로다

그대는 너무 아름다워요

온 세상이 너무 아름다워요
그대 항상 내 곁에서
체온처럼 머물 테니까

내가 그저 당신 곁에서
잠시라도 살 수 있었음에
나는 행복하고 감사하네요

당신을 사랑하는 내 맘이
단풍잎처럼 볼그레 물들었어요

오늘 밤 당신 꿈속으로 찾아가
사랑해, 사랑해
수줍게 말하고 싶어요!

나를 사랑한 용광로

더도 말고 덜도 말고 한가위만 같아라.
마음 마음마다 풍성한 계절.
오곡백과가 숨 쉬는 추석 명절
모처럼 온 가족들이 한상에 둘러앉아
식탁을 대하는 일이 얼마나 정겹고 행복한지
감사의 계절임이 틀림없다.
풍성한 추석이 시작되는 오늘
모두들 선물 보따리 바리바리 싸들고
그리운 고향을 향한다.
올만에 찾아보는 고향 이건만
내겐 그림 같은 그리움 속에 고향이 되었네.

회사의 갑작스러운 일정 변경으로
명절 기간 내에 모두 근무가 잡혀
들뜬 마음을 뒤로한 채 업무에 임한다.
일 년 365일
꺼지지 말아야 하는 제철소 용광로
너는 나와 무척 헤어지기 싫은 가 보다.
모두들 떠나간 자리
너는 나만 애타게 바라보고 뜨거운 심장을
훨훨 태우는구나.
그래 내가 함께 있어 줄게
끝없는 사랑으로 널 지켜줄게

사랑하는 가족의 그리운 품은
쪼끔 있다 후에 보기로 하고
그래도 열심히 일 할수 있는 네가 있어
나는 행복하다.
가을 달빛이 가장 좋은 밤!   추석
올해는 3일 후에 밤이 가장 큰 보름달이구나

내 가슴속 장미

나는 핀다
갑자기 꽃을 찾는다.

왜~일까?
그것도 빨강 장미를......

이 세상 꽃들이
모두 아름답다 해도
난 유난히 시뻘건 장미가 보고 싶다.

왜~일까?
아마도 난 장미를
무척 짝사랑하는가 보다.

매서운 강바람도
저 무서운 파도도
내 마음을 흔들지 못했지만
오늘만은 장미에게 지고 싶다.

오늘
외롭고 허전한 내 가슴 속으로
가시 붙은 장미에 찔리고 싶나 보다.

천사와 요정

어쩌면 당신은
그리도 예쁠 수가 있나요
어쩌면 당신은
그리도 고울 수가 있나요

예술을 하는 사람이
그리도 곱고 예뻐도 되는 건가요

당신의 얼굴은 하와 같고
당신의 마음은 천사 같아요

내 맘을 가져간 당신은
작은 요정
내 맘을 안아주는 당신은
작은 천사

어쩌면 당신은그
리도 예쁠 수가 있나요
어쩌면 당신은
그리도 고울 수가 있나요

새의 오줌

나는 멋진 꿈을 안고
푸른 하늘을
마음껏 날아가고 싶다

네가 누리지 못함을
나는 알고
내 삶을 훨훨 날아든다

태양을 가까이하기에
내 맘은 따뜻하고
별을 가까이하기에
내 맘은 영화롭다

평화와 문화의 상징
아름다운 존재 속에
슬픈 그리움!
하나 있다.

세상을 포옹하지만
나에겐
용변을 따로 보지 못함을
너는 아느냐

하늘을 날아야 하기에
오줌통의 존재도 망각하고
살아가야 하는 아픔이
나의 운명인 것을

개벽

달빛 고아 솟아난 영롱한 너의 미소
샛바람에 구겨진 얼굴
샛바람이 새벽을 연다

독도의 고백

내 나이 사백육십만 살

붉은 용암 솟구쳐
주상절리 몸에 두르고
빛 조차 멀리하는 바닷속에 피어난
작은 쌍둥 봉우리
팔십구 개의 돌무더기
보이지 않는 해산이 나의 몸뚱이로다

오징어와 전갱이 고등어 미역을 바르고
구름 같은 바람 홀로 보내며
사랑을 웃음 짓는 새들과
바위에 어우러지는 에메랄드빛 바다 절경에
새벽을 여는 목숨의 피 아직도 샘솟는다

한 때는
지금보다 많이 젊었을 때
같이 살자고 옆구리 콕콕 찌르고
또 어떤 놈은
생뚱맞게 드리대며
사랑을 속삭이네
누구보다 빼어난 멋과 맵시에
저들은 싸움이 시작되고
꽃향내 맡고 싶어
그렇게들 욕심내는구나

여보시오 양아리들 구걸 마소
내 임은 오직 하나 그 이름은
단군의 자손
대한민국이어라!

시집가는 김치

푸른 하늘이 맞닿은 태백산
자갈돌 박힌 풋풋한 땅에
삶을 시작한다

노랗게 비친 속살 향기
파릇파릇한 겉모습
앞가슴 통통 차오르며
환한 미소로 새 집을 찾는다

뽀얀 얼굴 연지 곤지 찍으며
색동옷 발려 입고
어름짱같은 적막한 골방에서
환희에 찬 포근함을 기다린다

하루 이틀 사흘 지나도
임은 소식 없고
흐르는 눈물이 두 항아리
반년이 지나서야 찾아온 임

나는 당신의 입술 향기에 취해
내 순결을
내어 주고 말았다.

사랑은 봄비를 타고

어제 내린 비로 맑아진 하늘에
아름다운 천사가 오셨네

일찍이 발동한 촉감으로
짐작은 하였으나
명절 뒤인 오늘
오시리라고는 생각지 못했네

정해진 시켄스 회로 마냥
운명처럼 내게 오신 당신
꿈과 희망을 두 손에 꼭 쥐고
천사가 되어 내게로 오셨네

감사합니다
사랑합니다
영원히 그 맘 변치 마소서!

찔리고 싶다

이 세상 꽃들이 모두 아름답다고 한들
내 맘을 빨갛게 물들이고 싶은
빨간 장미꽃에 견줄까

매서운 강바람도
차가운 파도도
내 맘을 흔들지 못하였으나
오늘은 장미에게 흔들리고 싶다

외롭고 허전한 나의 마음에
장미의 가시에 찔려
빨갛게 물들고 싶다

나는 장미를 짝사랑하고 있는 걸까?

여인의 뒷모습

뒷모습이 어여쁜 여인이여
당신 얼굴이 궁금해요

당신의 따뜻한 손안에
소중한 보물처럼 안겨 있는
카메라가 몹시도 부럽네요

당신의 고운 눈에 비치는
키 작은 여린 꽃들이
행복한 미소를 짓네요

당신의 마음속에 꽃들이 속삭이고
내 마음속에 당신이 비추고 있으니
인생이 참 아이러니하네요

마주 보는 눈빛이 빅뱅처럼 넘쳐나니
꽃처럼 피어나는 우리네 삶의 묘미에
어느새 엔돌핀이 솟아나요

뒷모습이 참 어여쁜 여인이여
당신 얼굴 정말 보고 싶어요

여인의 뒷모습2

나 이제 다시 태어난다면
당신의 두 눈 속에 들어가
영롱한 눈빛과 마주하고 싶소

나 이제 다시 태어난다면
당신의 마음속에 들어가
보드라운 입맞춤을 하고 싶소

나 이제 다시 태어난다면
따뜻한 사랑의 손길로
아픈 세상을 어루만져 주고 싶소

당신의 뒷모습은
만인의 희망이요
삶의 원천이려니

아,
아름다운 여인이여
내 머릿속에 사라지는 당신
이제는 영원히 방림(芳林)하소서

별이 빛나는 밤에

저 별은 님의 별
저 별은 친구 별
별처럼 초롱초롱한 님의 눈동자
별처럼 초롱초롱한 친구의 눈동자

옆에 있는 것만으로도
가슴이 두근두근
마주 보는 것만으로도
심장이 콩닥콩닥

시간이 멈추었으면
이대로 시간이 멈추었으면

님의 분홍빛 심장 소리에
친구의 심장이 빨갛게 물들어
밤하늘에 떠 있는 별빛 따라
금실 은실 엮어 고운 수놓는다

감사합니다

힘이 들 땐
하늘을 바라봅니다
푸른 하늘을 바라볼 수 있는
두 눈이 있으니 감사합니다

울고 싶을 땐
친구를 부릅니다
마음껏 소리 낼 수 있는
목청이 있으니 감사합니다

추억이 떠오를 땐
생각에 잠깁니다
사진을 꺼내볼 수 있는
머리가 있으니 감사합니다

잠이 오지 않을 땐
별을 바라봅니다
별들의 속삭임을 들을 수 있는
두 귀가 있으니 감사합니다

시처럼 꽃처럼 인생을 그리다

임종구 시집

초판 1쇄 2019년 11월 15일

지 은 이 임종구
디 자 인 김완기
편집기획 강미숙
편 집 장 이미래
펴 낸 곳 구암출판사
등록일 2019년 7월 2일 제 573-2019-000025호
주 소 충북 청주시 흥덕구 제 1순환로 512번길 38 2F
연 락 처 043-276-1833,4
팩스밀리 043-905-4786
홈페이지 www.twlawa.com
E - Mail guahmmh@naver.com
정 가 10,000원
I S B N 979-11-968576-0-8

파본은 구입하신 서점에서 교환해 드립니다.
이 책은 저작권법에 따라 보호받는 저작물이므로
무단 전재와 복제를 금하며, 구암출판사의
서면 동의를 얻어야 합니다.
저작권자와 맺은 특약에 따라 검인은 생략합니다.

이 도서의 국립중앙도서관 출판예정도서목록 (CIP)은
서지정보유통지원시스템 홈페이지(http ://seoji.ni.go.kr)와
국가자료공동목록시스템(http://www.ni.go.kr/kolisnst)에서
이용하실 수 있습니다
(CIP제어번호 : CIP2019046087)